LORI

QUÉBEC

LORIENT-QUÉBEC
L'esclave blanche de Nantes

Directrice de collection
Françoise Ligier

Révision
Michèle Drechou
Maïr Verthuy

Conception graphique
Meiko Bae

Illustrations intérieures
Carmelo Blandino

Illustration de la couverture
Sharif Tarabay

Mis en page sur ordinateur par
Mégatexte

ISBN 2-89045-885-7

LORIENT-QUÉBEC

Leïla Sebbar

Collection Plus
dirigée par
Françoise Ligier

Leïla SEBBAR

Leïla Sebbar est née en Algérie en 1941, d'une mère française et d'un père algérien, tous deux instituteurs.

C'est à Aix-en-Provence puis à Paris, où elle vit aujourd'hui, qu'elle poursuit des études supérieures de Lettres.

Elle collabore à des revues littéraires et à des magazines de l'immigration.

Parmi les livres qu'elle a publiés, on retrouve les titres suivants :

Fatima, ou les Algériennes au square, *Shérazade, 17 ans, brune, frisée, les yeux verts*, *Le Chinois vert d'Afrique*, *Les carnets de Shérazade*, *Lettres parisiennes* (correspondance sur l'exil avec Nancy Huston), *J.-H. cherche âme sœur*, *Le fou de Shérazade*.

*L*e bateau a accosté de nuit. Il transporte du manioc et du soja pour nourrir les bêtes.

L'enfant entend parler la langue que son père aimait, il avait peur de l'avoir oubliée quand il était au camp de réfugiés.

Il est en France ! Il est arrivé à Lorient en Bretagne, mais il ne le sait pas. Il attend que l'équipage soit endormi et il sort. Dans sa musette, il a mis des provisions, un livre de son pays lointain, il a vérifié que les photographies de sa famille étaient bien là. Il ne doit pas les perdre, il le sait, sinon il ne lui restera rien de son passé.

Avant de débarquer en France cette nuit, il a déjà pris un bateau de pêcheur avec sa famille, dans les mers du sud pour fuir son pays en guerre, le Viêt-nam. Et les pirates de la mer les ont attaqués, ont vidé sa musette mais n'ont pas trouvé les photographies, il les avait cachées sous sa chemise. Ils auraient pu les déchirer!

Les pillards ne les ont pas tous tués, mais son père blessé d'un coup de poignard est mort le jour suivant. Alors sans lui, avec sa mère, son frère et sa jeune sœur, ils ont débarqué dans une crique au bord de la mer et ils ont gagné un camp de réfugiés où ils étaient comme des prisonniers. Le camp était fermé par des barbelés, il y avait des gardes et des surveillants. Ils étaient loin d'ici. En Asie!

Sa mère a fait des démarches pendant des mois pour que ses enfants, les garçons d'abord, émigrent en Europe ou en Amérique.

Son frère aîné est parti d'abord, puis sa mère s'est découragée; il a attendu longtemps et il a décidé de quitter le camp. Il en a parlé à sa sœur. Il est parti très tôt un matin. Il a laissé un mot écrit à sa mère pour lui dire qu'il les ferait venir, elle et sa sœur, là où il espérait arriver: en Europe d'abord, en Amérique plus tard, peut-être au Canada.

Mais à Lorient, il est seul. Sa musette en bandoulière, il marche le long des quais, là où il fait sombre, il évite la lumière des réverbères. Il ne veut pas être vu. Le jour se lève quand il arrive à la Citadelle, forteresse entourée de hauts remparts faits de larges pierres verdies par l'embrun marin. Il ne voit pas de militaires; il a peur des militaires. Les ouvriers entrent dans les cafés aux croisements des routes. Il avance lentement, en se cachant. Si on le reconnaît, étranger à la ville, sans papier d'identité, peut-être qu'on va l'envoyer à nouveau dans un camp de réfugiés. Il ne veut plus cela. Il évite aussi de parler. Sa mère lui a toujours dit de parler le moins possible car dans le camp il y avait des espions. Il se rappelle avoir désobéi à cause de sa petite sœur. Il est si bavard avec elle!

Sa mère lui a dit un jour qu'il allait la rendre muette, mais sa sœur n'est pas muette! Il lui a appris à lire la langue maternelle de leur pays d'Asie. Ils s'asseyaient serrés l'un contre l'autre sur une natte, elle enlevait ses sandales, elle prétendait qu'elle apprendrait mieux, pieds nus! Elle posait un coussin à carreaux sur ses jambes allongées, plaçait un livre dessus et lisait la page apprise la veille. Elle a appris si vite qu'elle a pu lire les livres qu'on lui prêtait; mais quand ils étaient dans le camp de réfugiés, il y en avait si peu. Une nuit dans le camp, sa mère l'a surpris, lui, en train de fouiller les ordures du camp. Elle l'a battu; il a pleuré. Il lui a expliqué qu'il cherchait le papier usagé sur lequel on pouvait encore écrire pour l'offrir à sa sœur. Alors c'est sa mère qui a pleuré et elle l'a aidé. Il a écrit des histoires pour sa sœur, des légendes que sa mère raconte et il s'est amusé à les traduire dans la langue de la France.

Son père lui a appris le français. Il disait toujours qu'il aimait cette langue et qu'elle pourrait leur permettre, s'il leur arrivait malheur, de se sauver vers un pays où les habitants parlent français, en France, ou au Canada, au Québec! Ce pays si loin, si loin, qu'il montrait sur la carte que le grand-père avait dessinée à l'école, il y a très long-temps. Il a retenu ce nom: Québec. C'est facile à dire.

Son père disait aussi qu'on n'y cultive pas le riz, que les forêts sont immenses, qu'il neige. Mais il disait aussi que les moustiques sont les mêmes sales bêtes que chez eux, en Asie!

Il lui a répété souvent que la France lui plairait sûrement. Des amis ont raconté que chaque région est comme un pays et c'est quand même la France: les paysages, les arbres, les terres cultivées, les bois, les montagnes, les champs de blé, l'océan Atlantique et la mer Méditerranée, les cigales en Provence et les mouettes en Bretagne, les ours dans les Pyrénées et les renards dans le Jura, des moustiques en Camargue... des cigognes en Alsace.

Il est en France. Il s'arrête à la porte de la Citadelle, méfiant. Il entend le bruit d'un camion militaire, le moteur, les roues; il reconnaît. Il se retourne, il pensait voir arriver des soldats, mais finalement ce sont de gros camions qui passent à vive allure et qui n'entrent pas dans la Citadelle.

Lui, il observe, à demi caché. Il surveille le va-et-vient autour du fort. Y a-t-il des soldats? Il s'approche de l'entrée. Personne dans l'immense cour carrée. Il longe alors les murs épais jusqu'au chemin de ronde. La Citadelle avance dans l'océan. Chez lui en Asie, le village était dans le delta.

Il explore la Citadelle déserte, vide. Il lit une inscription sur une flèche: MUSÉE. Il ne verra donc pas de soldats. Depuis longtemps la Citadelle ne sert plus à protéger la ville. Le silence le surprend. Dans le camp de réfugiés, sa mère se plaignait du bruit, lui s'était habitué. Il pense à la maison du delta. Cette maison avait une tonnelle en bambou, construite par les ancêtres, c'est-à-dire tous les grands-pères qui avaient vécu avant le sien. Sa mère racontait que son grand-père, enfant, avait assisté avec ses frères et les cousins à la construction de la tonnelle, il avait même aidé les hommes de la famille. Les femmes et les petites filles avaient fait pousser des plantes grimpantes, pour l'ombre, le long des croisillons. Mais à cause de la guerre, on ne la réparait plus et lorsqu'ils se sont sauvés du pays du delta, sa mère a dit qu'ils ne reverraient plus la tonnelle, même s'ils revenaient un jour. Revien-

dront-ils ? Elle aura disparu, on l'aura détruite et aussi la maison, pour les punir. Et le bateau fabriqué par le grand-père et les pêcheurs du delta, et la voile végétale tressée, on l'aura déchirée, on aura tout brûlé ! C'est ça la guerre ! La mère a dit à ses enfants d'oublier, mais lui n'oublie pas.

Dans la Citadelle morte, il voit des hangars à bateaux et dedans des coques bleues ou vertes ; la peinture n'est pas écaillée ; quelqu'un qu'il n'a pas encore vu entretient les coques anciennes, pour le Musée peut-être ? Il découvre une petite pièce ouverte sur la mer par une meurtrière ; c'est un peu sombre. Il va en faire sa cachette. Quand il ira dans la ville, il va essayer de se procurer des bougies. Il sait déjà quel endroit il réserve au culte des Ancêtres. Dans son pays du delta, c'est une coutume, on monte un petit autel dans une pièce de la maison pour honorer les anciens de la famille, pour que leur esprit soit toujours présent dans la maison.

*D*epuis quelques jours il est en France, dans la ville au bord de l'Atlantique. Comme dans sa maison du delta, la nuit il s'endort au bruit de l'eau.

À son arrivée, il avait peur de se montrer dans les rues et puis il a compris que ni les commerçants ni les passants ne s'étonnent de sa présence. On doit le prendre pour un enfant d'un camp de réfugiés qui se trouve près de Lorient! Il a entendu des gens en parler. Les nouveaux arrivants viendraient du Cambodge, un autre pays de l'Asie, voisin du sien. Comme lui, ils sont venus dans de petits bateaux de pêche où ils étaient très nombreux. On les appelle des « boat-people ». Il a entendu dire où se trouve le camp. Alors il va à la bibliothèque de la ville de l'Atlantique pour consulter un atlas. On le laisse entrer. Il voit dans le livre où il doit aller. Comme son grand-père autrefois, il dessine un plan et part rencontrer les réfugiés.

Il cherche un camp qui ressemble à celui où sa mère et sa sœur sont restées, là-bas, loin, où les clôtures, les maisons, les lits, les tables sont tout en bambou, ce petit bois qui pousse comme des tiges rondes et hautes! Mais non! Ici dans ce camp, les réfugiés habitent dans une école. Les enfants jouent dans la cour fermée par une grille. Il les a entendus de loin, et il reste longtemps à les regarder. Ils lui ressemblent! Leur langue n'est pas la même, il ne la comprend pas, mais il reconnaît des sons, des cris, il sait qu'ils sont de la même terre, de la même mer que lui. Peut-être qu'eux aussi, ils ont abandonné la tonnelle faite par les ancêtres?

Il voit des femmes dans la cour, habillées comme sa mère et sa sœur, avec une tunique et un pantalon. Elles parlent entre elles, assises sur un banc de bois peint en vert.

Il revient souvent les voir. Il n'entre pas dans la cour. Il s'assoit contre un petit mur caché par un arbre, il écoute les enfants et les femmes, sans comprendre ; parfois il reconnaît un mot ou un autre. Des Français entrent et sortent, mais il ne leur parle pas et eux ne l'ont pas vu. Ainsi le camp n'est pas un camp !

Les enfants jouent, crient, ils chantent ; il connaît les airs, il chante en même temps qu'eux, seul, dans la langue de sa mère. Parfois les enfants disparaissent, il attend un moment et regarde par-dessus le petit mur. Il comprend qu'ils sont ensemble dans les salles de classe, il les entend répéter des sons, des lettres de l'alphabet français, des mots qu'il a appris lui aussi, assis sous la tonnelle près de son père quand il n'était pas encore malheureux. Car il est malheureux maintenant, la guerre a séparé sa famille. Son père a été tué. Il n'habite plus le village du delta qu'il aimait tant.

Un jour, après avoir couru pour arriver plus vite au village breton où sont les réfugiés cambodgiens, il a trouvé la cour de l'école vide. Il attend, les enfants doivent être dans les classes. Il écoute, mais il n'entend pas les voix qui arrivent jusqu'à lui d'habitude, là où il se tient.

Ils sont partis !

Il reste assis au pied du petit mur, triste, seul, il ne pleure pas. Il ne pleure plus depuis longtemps. La dernière fois, c'était à la mort de son père dans la barque de pêche. Son père. Ils avaient espéré croiser un bateau-hôpital français dans les mers du sud, où il aurait pu être soigné, mais ils n'ont rien vu jusqu'à la crique où ils ont débarqué.

Ils ont dû abandonner le corps au pêcheur qui retournait au village. Il a promis à la mère de faire ce qu'il fallait, suivant la coutume. Il ne saura jamais si le pêcheur, la barque et le père mort ont sombré dans l'océan, si le pêcheur a été attaqué et tué par d'autres pirates, si les cendres du père ont été recueillies dans une urne funéraire et cachées dans un endroit secret, près de ses Ancêtres. Sa mère un jour lui a révélé la cache, il doit le savoir, s'il retourne au pays. Il n'oubliera pas.

Il ne pleure pas.

Il entend des pas, quelqu'un ouvre le portillon de la cour de l'école. Il ne pense pas à se dissimuler derrière l'arbre qui l'a protégé jusqu'ici. L'homme l'aperçoit, il lui fait un signe, marche vers lui.

– Qu'est-ce que tu fais là, tout seul? Les autres sont partis. Ils t'ont abandonné?

Il ne répond pas, regarde l'homme, il se met à courir, l'homme se lance à sa poursuite, il crie:

– Petit, petit! N'aie pas peur. Je sais où sont tes frères, ne te sauve pas, tu les rejoindras, n'aie pas peur! Ne te sauve pas.

Il court sans se retourner, à travers champs, il entend les pas de l'homme qui le poursuit, il court, plus vite, il arrive à un petit bois qu'il traverse, il n'est pas fatigué.

L'enfant court encore jusqu'à une ferme où on élève des cochons. L'odeur ne l'empêche pas de se jeter à plat ventre contre un tas de fumier.

L'homme a dû s'arrêter. Il ne l'entend plus crier ni courir. Alors il entre dans la porcherie. Il se sent en sécurité. Les cochons ne lui font pas peur. Dans le village du delta, les enfants élèvent des cochons. Chacun s'occupe du sien. Un cochon n'est pas un animal sacré, on le nourrit pour se nourrir, sinon on meurt.

Les cochons de France sont énormes, ils ne bougent pas, prisonniers entre des planches, ils sont dans un camp !

L'enfant les entend grogner, ils sont nombreux, il voit surtout leurs croupes grasses et sales, parfois dans un box moins étroit, une truie couchée sur le flanc nourrit des porcelets tout roses. L'enfant marche dans les travées jusqu'à la porte qui ouvre sur la cour de la ferme.

Il entend parler des hommes. L'un d'eux dit qu'il cherche un enfant cambodgien qui s'est sauvé. Il dit qu'on l'a abandonné, il ne sait pas pourquoi. Il a assisté au départ des réfugiés, il ne manquait personne, il ne comprend pas. Il va signaler la disparition de l'enfant à la police.

Lorsqu'il revient à la Citadelle, de loin, il croit distinguer une patrouille de police, comme dans les rues du village du pays du delta, au temps de la guerre, mais la couleur de leur uniforme n'est pas la même. Ont-ils fouillé sa cachette? Ont-ils éteint les bougies qu'il a allumées au pied de l'autel sacré qu'il a fait pour les Ancêtres? Ont-ils pris les cartes postales du port de Lorient, de la Citadelle, des bateaux qu'il veut envoyer à sa mère et à sa sœur pour leur dire de venir.

Ils pourront rester à Lorient, réfugiés comme les Cambodgiens ou ils pourront demander asile au Québec, comme l'avait conseillé le père.

Non, personne n'est entré dans sa maison improvisée. Il examine les murs de la pièce, il ne manque pas une seule carte postale. Elles sont rangées dans l'ordre où il les enverra au camp. Sa mère les exposera dans le même ordre, sur le paravent de roseau qui sépare les familles. Elle saura qu'il est vivant, qu'il prépare tout pour leur arrivée.

Il retourne dans la ville. Il a l'impression qu'on le regarde.

Il s'arrête devant un kiosque à journaux et lit comme d'autres, la première page du grand journal de l'ouest de la France. On parle d'un enfant cambodgien disparu. On s'interroge sur le silence des réfugiés et des responsables locaux chargés de les accueillir. Personne n'a rien signalé à la police. C'est un employé qui a fait une déclaration au commissariat, il aurait vu un enfant asiatique qui se serait enfui, seul, vers une ferme où on élève des cochons. Le fermier interrogé affirme n'avoir jamais vu d'enfant asiatique rôder dans sa ferme. Il précise que les cochons sont plus vigilants que des oies, et qu'ils auraient fait un vacarme alarmant, si un étranger était entré dans la porcherie. Il ne s'est rien passé de tel. L'enfant court toujours.

Le lendemain, le journal précise que les réfugiés interrogés affirment n'avoir perdu aucun enfant. Les autorités ont examiné les registres, rien à signaler, tout est en ordre. Les porte-parole des réfugiés protestent au nom de leurs frères, on les soupçonne d'abandonner des enfants et c'est publié en première page du journal! Le maire de la ville a dû présenter des excuses, au nom des responsables municipaux, à la communauté mise en accusation. Toutefois, la police poursuit ses recherches.

Sur le seuil de sa cachette, deux hommes en uniforme montent la garde. Cette fois, il ne se trompe pas. Il reconnaît les policiers qu'il voit dans la ville. Il ne s'approche pas. Il reviendra, il sait qu'ils ne seront pas toujours là. En effet, avant la nuit, ils montent dans un camion qui sort chargé de la Citadelle.

Il remet la pierre de l'autel où il l'a prise, il range les cartes postales dans sa musette, il détruit toute trace de son passage. La chambre est obscure.

L'enfant s'en va.

Il évite la ville, il erre sur les quais. Il porte une casquette de marin breton qui dissimule ses yeux bridés et ses cheveux trop noirs. Il ne parle pas aux dockers, il ne parle à personne. Il lit le nom des bateaux. Il ne veut pas retourner au pays du delta, on le mettra en prison et plus jamais alors il ne pourra aller en France et puis en Amérique et au Québec. Il s'assoit sous le phare, au bout de la jetée. Il examine une carte du monde qu'il a arrachée à un petit atlas, dans une librairie de la ville. C'est loin l'Amérique! Il sort, une à une, les photographies que sa mère lui a confiées, au camp, après la mort du père. Elle lui a dit: « C'est tout pour moi, c'est tout pour toi, partout où tu iras, le souvenir de ta famille, de ta terre, de tes Ancêtres, tu le sais, c'est tout ce qui te reste ».

Il voit sa mère, jeune, elle n'est pas encore mariée, elle repique le riz: dans ses cheveux, elle a noué un foulard comme un ruban. On distingue une large fleur rouge sur le nœud de côté. Il voit son père qui écrit assis sur sa natte. Comme le grand-père, il tient un pinceau et il dessine des idéogrammes. Il voit sa jeune sœur, toute petite, assise dans un panier tressé près de la grand-mère et son frère, plus loin, qui répare un filet pour l'autre grand-père, le pêcheur.

Il entend des cris. Il a juste le temps de ranger les photographies dans la poche de cuir. Il se retourne.

Des hommes se disputent en sortant d'un café. Ils se dirigent vers lui. Il est assis au bout de la jetée, après, c'est la mer. Il ne bouge pas, il enfonce sa casquette de marin breton sur son front, il se couche sur la pierre, sa musette sous la tête, tourné vers l'océan, les genoux au menton, il fait semblant de dormir. Il entend les cris des

hommes ivres. Il les sent tanguer autour de lui. L'un d'eux dit:

– Regardez ce petit, il dort comme un innocent, il en a de la chance... Je voudrais bien être à sa place...

Les autres regardent l'enfant. Soudain calmés, ils se tiennent par l'épaule, penchés au-dessus de lui qui fait semblant de dormir. Ils ne disent plus rien. Ils restent ainsi un instant, puis ils retournent ensemble, vers le café du quai.

C'est l'heure de la pause. Les dockers abandonnent les bateaux et les marchandises. L'enfant se faufile alors entre les colis, d'un bateau à l'autre. Sur l'un d'eux, il lit: BRAZIL.

Le Brésil, c'est l'Amérique!

Il regarde sa carte du monde. Il prendra un bateau jusqu'à New York, encore un bateau jusqu'à Québec, c'est tout près. Le Canada, c'est grand. Il sera grand lui aussi, quand il arrivera là-bas. Il sera pêcheur, ou bûcheron ou trappeur, ce qu'on voudra. Il aura de l'argent, il enverra au camp deux billets d'avion pour sa mère et sa sœur.

Ils vivront dans une maison en bois avec une véranda comme une tonnelle, et, en été, il y aura des moustiques.

L'enfant monte dans le bateau.

L'ESCLAVE BLANCHE DE NANTES

*I*l aime être seul.

Marcher d'une salle à l'autre, entendre le parquet qui craque, le même bruit, toujours, le long des galeries ouvertes sur le patio aux arches blanches, lumineuses à cause de la verrière; il aime marcher à pas lents, les mains dans le dos, sur les lattes de bois blond cirées depuis combien de décennies, par combien de femmes à genoux?

Le mardi, il revient ici pour travailler comme volontaire pour les réparations, l'électricité, les petits travaux; on lui permet de prendre des photos ce jour-là; la photographie, c'est sa passion, depuis qu'il est tout petit. À peu près chaque mardi, il vient. Il est sans famille, le père a disparu depuis longtemps, abandonnant femme et enfants, on ne l'a plus revu; depuis, la

33

mère est morte. La sœur aînée habite la Corse, la maison de famille de son mari; il y va une semaine par an; les frères sont routiers; ils sont souvent à l'étranger. Il les voit, il ne les voit pas, c'est pareil. C'est comme s'ils n'existaient pas.

Se marier, pour quoi faire?

Le mardi, on cire les parquets, pas avec une machine, à la main. Il connaît les filles de ménage. Elles sont plusieurs. Il préfère la grosse, la plus jeune. Un jour qu'il prenait un demi au *Café de la Place*, debout au comptoir comme d'habitude, une fille est entrée avec des amies, elles riaient, il n'entendait pas ce qu'elles se disaient, elles sont allées vers une table ronde du côté de la fenêtre et elles ont parlé entre elles, penchées l'une vers l'autre. Des jeunes, bruyantes et insolentes. Elles sont passées près de lui qui les regardait, il a été surpris par celle du milieu. Elle soufflait la fumée de sa cigarette comme la femme du tableau. Une bouche charnue, rouge, qui laisse échapper un mince filet de fumée, dont les volutes se dissipent vers le bassin où deux négresses lavent du linge.

La même bouche.

Elle ne l'a pas vu, occupée à rire avec ses amies. Il a failli les suivre jusqu'à la fenêtre. Il s'est contenté de les regarder marcher jusqu'à la table que le garçon préparait pour elles. La fille du milieu portait une mini-jupe élastique sur des collants noirs épais. Il a regardé ses fesses lourdes qui tanguaient. Les amies étaient plutôt maigres, un peu plates dans des jeans serrés. Il est revenu au *Café de la Place* pour elle, la grosse, maquillée trop, ses amies aussi. Il essaie de comprendre ce qu'elles se disent. Elles rient tout le temps, de quoi? Il les entend du comptoir, il regarde celle du milieu. Ses cheveux sont roux, longs et souples, pas le roux des rousses, le roux du henné plutôt. Sa peau n'est pas blanche, ni noire ni basanée, elle serait dorée, vue du comptoir. Ses yeux sont noirs, passés à la poudre noire où l'antimoine brille. Le rose aux joues est trop violent.

Sa bouche est rouge.

Elle est grosse, mais elle est belle.

Il l'a reconnue, un matin, dans les bureaux du musée. Sans ses amies, elle paraissait maussade et l'imperméable la rendait informe. Elle aussi garderait le tableau de la femme blanche. Au café, il ne lui a pas parlé. Elle n'est jamais seule et lui n'a pas d'amis qui le pousseraient vers elle. Il pensait la revoir au musée, assise sur les fauteuils anciens, circulaires, ou accoudée au bord du mur blanc qui longe la galerie du patio. Il lui aurait demandé si elle entendait l'eau de la fontaine, au centre sous la verrière ; elle aurait dit en se moquant qu'il n'y avait pas de fontaine, seulement un carré de mosaïques ; il aurait insisté, elle se serait penchée, écrasant ses seins sur le rebord du mur, pour mieux entendre le bruit clair de l'eau sur le vert et le bleu de la faïence florale. Elle aurait dit « mais oui, je la vois, vous avez raison, pourquoi personne ne m'a dit qu'il y avait une fontaine dans le musée. Je voudrais toucher l'eau. Je peux ? » Année après année, il a économisé sur son salaire de gardien de musée ; pas de famille, pas de femme, pas d'enfant. Il a acheté un premier ordinateur, un second, un troisième, le plus sophistiqué. Il lit tout; il a su, le premier dans la ville, qu'il existait des vidéo-disques de toutes les toiles des plus grands musées, New York, Londres, Madrid, Berlin, Venise, Amsterdam, Paris... bientôt Leningrad. La banque lui a prêté de l'argent; il a fait croire qu'il voulait acheter un appartement. Chez lui, il a aménagé une pièce pour ses femmes. Il les voit à l'écran, trois à la fois; sur les murs, il colle ses photographies. Il voyage pour elles, de musée en musée; il loue une chambre pas loin si l'hôtel est trop cher, et il revient avec une collection nouvelle qu'il ne montre jamais. Il photographie aussi les femmes sur ses écrans, c'est moins net, parfois c'est plus beau.

Un mardi, il s'est enfermé pour photographier la femme peinte du tableau. Il n'a jamais demandé à une femme en chair et en os de poser pour lui; il n'oserait pas. En voyant cette fille au café, il a pensé le lui demander un jour, mais il croit qu'elle ne viendrait pas dans sa chambre, seule. Ce matin-là, il est arrivé très tôt pour l'esclave blanche.

Il s'attache au détail: les motifs rouge et or des coussins sur lesquels la femme nue est assise. Les fleurs, peut-être des œillets de poète brodés au coin du voile damassé qui enveloppe ses cuisses. Le torse est nu jusqu'à la naissance des fesses blanches et grasses. La main dodue posée contre la cuisse, l'autre main, la gauche, qui tient la cigarette allumée; on voit le bout incandescent et une petite fumée courte qui coupe l'annulaire. Le pied nu, la plante lisse et ronde; l'un des orteils, le second, avance, plus long que les autres. Le bras droit cache à demi le sein doré.

L'esclave blanche ne mange pas, elle fume.

On a disposé, sur la nappe blanche et brodée or, la graine à peine entamée, l'orange ouverte en corolle à laquelle elle n'a pas touché, des branches de dattes, deux bananes et une coupe. Il photographie l'épaule frêle, les hanches et le ventre lourds, l'oreille rosée si fine que souligne la mèche de cheveux roux plaquée sur la joue maquillée jusqu'à l'œil noir et la bouche qui souffle rêveusement la fumée souple. Le bijou piqué dans ses cheveux ressemble à l'œil d'une plume de paon; peut-être un paon se promène-t-il sur les mosaïques autour du bassin? Il ne photographie pas la négresse accroupie au bord de l'eau et qui regarde l'esclave blanche, ni l'autre négresse, debout, les seins nus, la croupe enveloppée d'une fouta comme celle de Delacroix; une bassine de linge dans les bras, elle tourne le dos à la femme qui rêve. Il photographie les longs cheveux roux, répandus sur le bras gauche posé contre le genou. Il a oublié le bord de l'assiette, les coquelicots rouges, la dernière photographie.

Lorsqu'il se retourne, il reconnaît la fille du *Café de la Place.* Elle tient un morceau de linge maculé de cire, elle regarde la femme du tableau, elle dit:

– Vous la voyez tous les jours, et vous voulez la photographier?

– Vous ne la trouvez pas belle?

– Trop blanche, dit la fille, elle fait pas vraie, sa peau.

– Pour moi, elle est belle, pas trop blanche, bien sûr, vous...

La fille fait demi-tour, s'arrête près de la boîte de cire ouverte, la pousse du pied, se met à genoux et cire le parquet du côté de l'esclave blanche. Il s'assoit sur le banc.

Il suit les gestes de la fille, le mouvement vigoureux des bras et des reins. Elle porte un jean et un tee-shirt blanc. Il voit des gouttes de sueur à son front. Elle n'a pas la peau blanche.

Ils sont seuls dans la salle qui ouvre sur la galerie à arcades.

Lorsqu'elle arrive sous le tableau au bout des lattes de bois blond, elle se lève, regarde la femme, se tourne vers le jeune homme.

– Elle est vraiment trop blanche. Moi j'aime pas. Les négresses au fond, c'est des esclaves, vous pensez?

– Oui. Dans les harems, les négresses sont des servantes et des esclaves. La femme blanche est aussi une esclave. Elles étaient recherchées par les Arabes d'Orient et du Maghreb; on menait des guerres jusqu'en Europe centrale pour un butin de captives blanches, les plus précieuses sur un marché d'esclaves. Celle-ci est peut-être la favorite d'un émir?

– Vous croyez? Esclave et favorite?

– Oui, pourquoi pas? Elle est jeune et belle, elle a certainement coûté cher.

La fille tient le linge odorant dans la main droite. Elle dit:

– Moi, ici, je travaille comme une négresse; elle rit; je suis une négresse. C'est pour ça...

Le jeune homme rit.

Il est toujours assis; elle cire le parquet derrière le banc capitonné de velours ambré, comme la cire et les lattes de bois. Il dit:

– Ça sent bon votre travail de négresse. Vous faites ça tout le temps?

– Ah! non alors! vous me voyez 24 heures sur 24 à quatre pattes, le cul en l'air, enfermée dans un musée, le nez sur le parquet, dans les pieds des visiteurs? Je fais ça le mardi. Les autres jours je travaille pour des photographes. Je commence seulement. Pour la mode et tout ça, c'est pas possible, je suis trop grosse. Il paraît qu'il y a un marché pour des filles comme moi. Les types que j'ai rencontrés, j'ai travaillé avec, ils m'ont pas encore payée.

Le jeune homme s'est levé, brutalement; elle cesse de parler, elle le voit trembler.

– Qu'est-ce que vous avez?

Le jeune homme bégaie:

– Je vous défends... je vous défends... non je ne peux rien vous défendre... mais méfiez-vous. C'est des salauds, des maquereaux ces types-là. Mais vous venez d'où? Vous ne savez rien de la vie?

– Je me méfie pas, c'est des copines qui m'ont indiqué ce travail, des petites combines, elles m'ont dit, non?

– Je ne sais pas, je ne sais pas.

Il se rassied, en sueur. La fille cire à nouveau le parquet. Ils sont toujours seuls dans l'immense galerie. Le jeune homme charge son appareil.

– Je peux vous photographier?

– Qui ça? moi? ah! non! pas comme ça, certainement pas. Une autre fois, si vous voulez. Mais là, en bonniche, non.

– Et si je vous demande de poser nue, ici même, pour moi?

– Je dirai que vous êtes fou...

– Vous connaissez la Vénus hottentote?

– Non. C'est qui?

– Une négresse. Une statuette bizarre. Elle a des épaules de petite fille, des cuisses de femme, un ventre de mère, des seins de nourrice et des fesses énormes, on ne sait pas pourquoi. Pour porter des jumeaux sur ses reins ? Je vous la montrerai si vous voulez ; j'ai une photo chez moi.

La fille cesse de cirer. Elle se lève, elle dit en pliant les linges qui sentent la cire :

– Bon, je sais que j'ai un gros cul, mais quand même, j'irai pas chez vous, même pour voir la Vénus.

Elle s'en va. Il la regarde marcher de dos, jusqu'au moment où elle tourne vers la galerie du patio.

Au *Café de la Place*, elle lui dit bonjour en passant avec ses amies. Il n'a pas osé s'asseoir à leur table ; s'il avait proposé de payer, elles auraient peut-être accepté. Il ne le fait pas. Il a déjà vu un type avec elles, plusieurs fois de suite le même, il parle tout le temps, elles l'écoutent. Quand il est là, elles ne bavardent plus entre elles, elles ne rient pas ; il cherche à les convaincre, on dirait qu'elles ont l'air d'approuver. Il suit son manège depuis le comptoir. La fille du musée fume comme la première fois où elle est entrée dans le café, moins attentive que ses amies; pourtant, c'est à elle que s'adresse le type brun à moustaches; il le trouve beau, pas si jeune. Après, il les invite à dîner, il les entend choisir le restaurant, à quelques kilomètres de la ville.

Il l'a attendue au musée. Elle n'est pas venue. Au café, il a vu ses amies, sans elle. Chez lui, il a collé les photographies géantes qu'il vient de tirer, des morceaux de l'esclave blanche et une photo qu'il croyait avoir ratée où la fille du café cire le parquet, de dos. Il avait décidé de l'inviter chez lui le soir même, il l'aurait fait. Au *Café de la Place*, elle n'était pas là. Le lendemain et les semaines suivantes, il marche dans le musée, parcourant tout le jour le même trajet autour du patio, s'arrêtant là où ils avaient bavardé, penchés vers le carré de mosaïques éclairé par la verrière, au milieu. Il pense... elle serait entrée la première dans la chambre secrète où il aurait mis en marche les trois ordinateurs en même temps que les spots dirigés vers les murs couverts de fresques; l'illusion est presque parfaite, des fragments de la Vénus hottentote, de l'esclave blanche, et elle... Il n'aurait pas oublié la musique. Opéra ou cantate, seulement des voix de femmes; il a fait un montage des blanches et des noires, toutes monumentales, les plus belles voix, amples, profondes, pleines et souples à la fois. Elle aurait été étonnée.

Elle a disparu.

Les verrières des salles anciennes fuient. Dès qu'il pleut, il faut protéger le parquet avec des serpillières doubles, blanches à rayures rouges. Les visiteurs les contournent pour arriver jusqu'aux tableaux. Lui ne surveille plus les tableaux, on lui a dit d'être attentif aux serpillières. Il faudra cirer le parquet, à nouveau, l'eau de pluie dessine de larges taches blanches. Elle reviendra. À la place du carré de mosaïques, on aurait pu planter un palmier. C'est ce qu'il se dit, accoudé au mur blanc. Soudain, il entend quelqu'un chanter. Une femme. Le patio du musée fait écho à la voix. Il écoute. Des pas accompagnent la voix. Celle qui chante n'est pas seule. Il voit d'abord un homme, le type du *Café de la Place* et près de lui, légèrement en retrait la fille rousse; elle est presque cachée tellement le type est grand et fort. Il la reconnaît. L'appeler? Il n'a jamais su son nom. Elle n'est pas là pour cirer les parquets. La mini-jupe sur les fesses rebondies, c'est la même; les collants noirs, les chaussures à talons aiguilles, il ne les avait pas remarquées le jour où il l'a vue dans le café pour la première fois.

Le soir, au *Café de la Place*, elle est assise près de la fenêtre, elle fume, les lèvres closes, la même grâce que l'esclave blanche. Ses mains sont plutôt fines. Elle est seule. Il s'avance jusqu'à sa table, elle lui sourit, l'invite à prendre place. Il dit:

– Vous savez que la fontaine a disparu. Un palmier a poussé en une nuit, vous l'avez vu?

– Oui, oui. Un palmier. C'est vrai. Il va crever la verrière.

– C'est pas un cocotier, c'est un palmier.

– Moi, je suis née sous un cocotier...

– Vous dites n'importe quoi.

– Vous ne me croyez pas?

– Non.

– Regardez.

La fille sort une photo abîmée de son portefeuille. On voit une très petite fille un peu négresse, assise au pied d'un cocotier. Elle la tend au jeune homme.

– Vous me la prêtez? Je vous la rends.

– Pour quoi faire?

– Je la photographie et vous l'avez demain.

Le jeune homme se lève juste au moment où le type arrive avec les amies de la fille rousse. Elle le salue, de la main qui tient la cigarette.

– À demain. Je serai au musée.

À l'endroit où l'eau de pluie a traversé la serpillière, elle passe la cire. Elle n'a pas vu le jeune homme qui la photographie, de loin. Il s'approche d'elle.

– Si vous voulez votre photo, elle est chez moi. Je vous invite ? On se voit au café, avant ?

– Non, non, dit la fille, qui se lève.

Elle sent bon, la cire et l'ambre. Il lui donne un papier, une vieille enveloppe, sur laquelle il a noté son nom et son adresse. La fille lit à voix haute, déchiffre l'écriture brouillée, illisible, elle hésite.

– C'est Léon ou Léo ?

– Je m'appelle Léo.

– Moi, c'est Lola, dit la fille.

– Lola ?

– Oui. Vous ne me croyez jamais. Vous voulez voir mes papiers ? Je suis pas une clandestine...

– Non. C'est à cause de Lola. Elle était belle, dans le film, mais tellement maigre. Des os partout.

– C'est qui cette Lola ?

– Vous ne la connaissez pas, moi non plus. C'est une femme qui s'appelle Lola, elle vit à Nantes avec son petit garçon, l'homme qu'elle aime est parti en Amérique pour faire fortune, elle l'attend, elle fait un numéro dans un cabaret, un marin américain tombe amoureux d'elle. La fille l'interrompt.

– Et l'homme qu'elle aime, il revient d'Amérique?

– Oui, il revient et il est riche. C'est un film. C'est du cinéma.

– Elle l'a attendu et il revient. C'est bien, non? dit la fille.

– Oui. Mais c'est pas la vie.

– C'est quoi la vie pour vous?

– Je sais pas. C'est provisoire, je crois. Tout ce que je fais est provisoire, gardien de musée, photographe, amateur de femmes grosses.

– Vous n'attendez pas quelqu'un qui est en Amérique?

– Non. J'attends personne et vous ?

– Moi ?... Je peux pas dire.

Elle allume une cigarette, souffle la fumée comme l'esclave blanche derrière elle, toujours nue, assise et fumant, rêveuse. Elle réfléchit puis elle dit brusquement :

– Je sais ce que je veux pas : cirer des parquets toute ma vie, me faire draguer par des types obsédés par les grosses et qui me demandent de poser à poil.

Elle rit.

– Je dis pas ça pour vous.

– J'ai rien dit, je vous ai rien demandé. Pourquoi vous m'accusez ?

– J'ai pas dit ça pour vous. Les types me draguent comme si j'étais une pute avec des spécialités. Au début j'ai cru qu'ils étaient amateurs d'exotisme, le souvenir des négriers, les belles négresses débarquées à Nantes, peut-être, les filles métisses nées de ces unions secrètes. À cause de la couleur de ma

peau. Vous vous rappelez la chanson
« Je l'appelle Cannelle » ? Combien de
fois je l'ai entendue ! Je rentrais dans un
café, quelqu'un, un inconnu, mettait
Cannelle au juke-box. Maintenant je me
méfie, on commence par Cannelle et je
me retrouve dans un studio de dingue,
une estrade, des spots. Je dois me dés-
habiller. Certains m'ont proposé des
sommes. Une fois j'ai dû me défendre,
le type voulait pas me laisser partir,
mais j'étais plus forte que lui. D'habitude, ils sont plutôt gentils et généreux,
ils me supplient sans m'agresser, prêts
à pleurer quand je refuse.

Elle continue à fumer, il ne dit rien.
C'est interdit dans les musées ; ils sont
seuls. Elle poursuit, assise sur le banc
circulaire capitonné d'un velours cannelle, comme sa peau.

– Je rencontre que ce genre de type.
Qu'est-ce que je peux faire ? Des fous.
Pour eux, j'existe pas. Quand ils me re-
gardent, je sais qu'ils ne me voient pas.
Alors voilà, je suis comme votre Lola

du film, j'attends un homme qui viendra je sais pas d'où, de loin. Je saurai que c'est lui parce qu'il me verra, vraiment, corps et âme. Vous comprenez?

Le jeune homme ne répond pas. Il dit que le musée va fermer, qu'il lui rendra sa photo au café, qu'elle ne vienne pas chez lui, il ne sera pas là. Il quitte la ville ce soir.

Elle sonne plusieurs fois, persuadée qu'il est là. Il n'est pas parti. Elle ne l'a pas cru au musée. Elle glisse un mot sous la porte, attend encore quelques minutes. Les marches de bois ciré craquent. Elle se retient à la rampe pour descendre. Ses talons font un bruit de fer pointu. Il n'a pas ouvert. Au *Café de la Place,* elle s'assoit près de la fenêtre, ses amies sont déjà là. Elle ne parle pas de lui. Ses amies lui disent qu'elle a tort de refuser les propositions. Elle serait riche, elle ne ferait pas la bonne au musée ou ailleurs, payée au plus bas salaire. Elles ne diraient pas non. En général, elles ne disent pas non. Elles auraient des blousons de cuir incrustés de fourrure, des chaînes en or, des gourmettes, des chaussures comme n'en auront jamais les vendeuses en grande surface, avec leur petit salaire minuscule. Elles ne comprennent pas Lola.

Elle a attendu, il n'est pas venu.

Au musée on lui a dit qu'il est en congé de maladie, jusqu'à quand, personne ne sait. Elle traverse le patio, s'arrête sur le carré de mosaïques vertes et bleues, il n'y a pas de fontaine, ni de palmier. Elle regarde vers les galeries, des étrangers se penchent sur le mur blanc en bavardant. La gardienne, une petite grosse serrée dans l'uniforme triste du musée, tourne le dos à l'esclave blanche. La fille s'arrête devant le tableau. Elle touche le tissu transparent damassé et l'œillet rouge, l'œillet de poète brodé au coin de la soie plissée. Quelqu'un, la gardienne, arrive en courant et crie :

– Mademoiselle, c'est interdit !

– Vous la connaissez? demande la fille à la gardienne.

Celle-ci se calme :

– Si je la connais! Depuis des années que je la garde. Il faut surveiller. Elle attire les vicieux, je vois leur manège. Des jeunes et des vieux. Je reste à côté d'eux. On m'a dit que des visiteurs viennent avec des couteaux, des canifs, personne ne les fouille en bas, ils peuvent faire n'importe quoi, lacérer la toile, découper un morceau de fesse, une main, un pied, le visage. On sait pas. J'ai entendu des histoires comme ça, alors, vous pensez, je la quitte pas des yeux ou plutôt je surveille les hommes qui restent devant et les jeunes, des lycéens, des étudiants. Je sais pas ce qu'ils lui trouvent. Moi, elle me plaît pas. Et vous?

– Je voudrais savoir à quoi elle pense. Ce qu'elle attend, assise au bord du bassin dans ce patio de harem.

– Ça vous intéresse? Vraiment?

– Oui.

La gardienne regarde l'esclave blanche puis la fille, elle dit:

– Les hommes encore, je comprends, mais vous. Enfin... On croit toujours qu'on s'ennuie dans les musées. Quand je dis que je suis gardienne, on me plaint. Moi je m'ennuie pas. Toutes ces histoires autour d'un tableau. Ça occupe. Je vous laisse, c'est l'heure de la cantine. Vous la touchez pas.

La gardienne s'éloigne. La fille reste un moment debout devant la femme blanche, passe le doigt sur les coquelicots rouges au bord de l'assiette, sur l'œillet stylisé. Au rez-de-chaussée, elle achète des cartes de l'esclave blanche, plusieurs. Sur l'une d'elles, elle écrit: «Pour Léo, la femme blanche, inconnue, anonyme, éternellement pensive, et les deux négresses, servantes pour l'éternité. Lola.»

Quelques jours plus tard, Lola sonne chez le jeune homme. Elle attend. Elle ne l'a pas revu, ni au café ni au musée. Elle continue à penser qu'il n'est pas parti, qu'il n'a pas quitté Nantes. Il s'est enfermé chez lui, il refuse d'ouvrir. Il sait que c'est elle qui sonne. Elle sonne pour la troisième fois. Le silence ne la surprend pas. Au cinquième coup de sonnette, elle croit entendre des bruits de pas, prudents. Pas d'œilleton à la porte. Quelqu'un va ouvrir. Elle attend.

Il dit:

– Entrez, si vous n'avez pas peur.

– Peur? Pourquoi?

Il fait sombre. Les volets sont fermés, les rideaux tirés. Il est midi. Elle s'arrête sur le seuil de la chambre, indécise. Il la précède pour allumer le dernier spot. Partout des photographies géantes lacérées, déchirées en fines bandes, ou froissées, entassées sous la fenêtre, les écrans des ordinateurs sont crevés, les fiches répandues autour des tables basses, des cannettes de bière jetées dans les coins de la pièce, des mégots au pied des ordinateurs. Stupéfaite, Lola enregistre le désastre. Au hasard, elle identifie la naissance d'un sein, l'œillet rouge, un coquelicot du tableau, une boucle de cheveux roux... Plus loin une palme de cocotier, la poche arrière d'un jean, le sien... Elle regarde le jeune homme debout près d'elle, hagard. Elle ne dit rien, lui non plus. Au mur restent collés des lambeaux de photographies, fesses publicitaires, seins pornographiques, ventres blonds des déesses de Rubens et du Titien...

Lola ferme les yeux.

Léo, en silence, lui prend les mains et la dirige, les yeux clos jusqu'à un fauteuil dans la pièce principale. Lola s'assoit, ouvre les yeux. Il fait jour. Léo s'agenouille contre elle. Il lui parle :

– Je sais, je sais, ne dites rien. Vous avez tout vu, tout. Personne d'autre que vous, je vous le jure, personne, personne. Vous êtes la première. J'ai fait ça pour vous. Vous me croyez ? Je ne pensais pas vous voir, aujourd'hui, ici,

chez moi. J'ai fait ça pour vous et vous êtes là, vous êtes là.

Il lui prend les mains sur lesquelles il pose son front avant de les embrasser, doucement. Elle ne parle pas. Il poursuit:

– Ne parlez pas. Laissez-moi parler. Écoutez-moi. Je n'ai jamais parlé à quelqu'un comme ça. Les femmes, je leur parle quand elles sont muettes. Vous êtes là, vivante, vous m'écoutez, je vous parle, je vous parle.

Il crie presque. Elle ne dit rien.

Il se relève, lui tend les mains, elle est debout contre lui, il la serre dans ses bras, il dit:

– Je vous touche, je touche une femme, sa chair, ses os, sa peau, ses cheveux, une femme qui respire. C'est fou. Une femme. Je vous embrasse. Vos cheveux sentent la cire et l'ambre, derrière l'oreille, c'est si doux. Je crois que je vais m'évanouir.

Lola dit, en riant :

– Vous avez une cigarette ?

Il lui donne une cigarette, elle s'assied sur le tapis, contre les coussins de velours damassé, il allume sa cigarette et pose, près de sa main, une orange ouverte en quartiers. Il dit :

– Je n'ai pas de dattes en branches mais vous êtes là, je vous regarde et je vous vois. Il répète, je vous vois. Vous êtes une femme.

Lola lui montre un œillet de poète, rouge, sur le tapis persan.

Le Québec, terre d'accueil

Le plus de Plus

Réalisation : Geneviève Leidelinger
Françoise Ligier

Une idée de Jean-Bernard Jobin
et Alfred Ouellet

Pour faciliter la lisibilité du texte, le masculin a été employé pour désigner les personnes. Les lectrices et les lecteurs sont invités à en tenir compte au cours de la lecture.

1. LORIENT-QUÉBEC

AVANT DE LIRE

Le sens des mots

Quel est le sens du mot en gras?

1. « Dans sa **musette** il a mis des provisions, un livre et des photographies de sa famille. »
   a. maison
   b. sac de toile
   c. bateau

2. « Le camp était fermé par des **barbelés** ; il y avait des gardes et des surveillants. »
   a. portes de bois peint
   b. des fils de fer garnis de pointes
   c. des chiens dressés

3. « Il marche le long des quais, là où il fait sombre, il évite la lumière des **réverbères**. »
   a. appareil destiné à éclairer les rues
   b. devanture d'un magasin
   c. signal lumineux pour la circulation

4. « Sa mère lui a toujours dit de parler le moins possible car dans le camp il y avait des **espions**.»
   a. assistante sociale

b. éducateur

c. indicateur, rapporteur secret

5. « Sa sœur enlevait ses **sandales**, elle prétendait qu'elle apprendrait mieux pieds nus ! »
   a. appareil pour écouter de la musique
   b. vêtement lourd
   c. chaussures légères

Vive la famille

Complétez avec un des mots suivants ; il faut parfois mettre la marque du singulier ou du pluriel, du masculin ou du féminin et conjuguer les verbes.

1. un équipage, une équipe
   a. Le rouge et le blanc sont les couleurs de notre _____ de hockey.
   b. Sur le bateau l'_____ était composé d'une vingtaine d'hommes.

2. une côte, accoster
   a. Il n'y a pas de sable sur cette _____, il y a uniquement des rochers.
   b. Dans le port de New York les bateaux venant d'Asie _____ au quai n° 57.

3. une prison, un prisonnier
   a. Cette maison n'a pas de fenêtre,
      elle ressemble à une _____.
   b. Les _____ ne peuvent
      pas s'évader de cette forteresse.

4. obéir, désobéir, la désobéissance
   a. Si tu _____ tu seras
      puni.
   b. La _____ aux surveil-
      lants est interdite dans cette prison.
   c. Les enfants doivent _____
      aux parents.

5. cacher, une cachette
   a. La police recherche le voleur et le
      voleur (se) _____.
   b. Personne ne me trouvera dans
      cette maison, c'est une bonne

      _____.

AVEZ-VOUS BIEN LU ?

Un article à composer

Dans « le grand journal de l'ouest de la
France » on a publié un article intitulé :
« Un enfant cambodgien disparu ».

1. Éliminez la phrase qui contient des er-
   reurs.

2. Composez l'article en mettant les
   phrases dans l'ordre qui convient.

a. La police poursuit son enquête.

b. Il a précisé que si un enfant avait pénétré dans sa porcherie sa présence aurait provoqué un grand vacarme.

c. Mais l'enfant effrayé s'est enfui vers une ferme où on élève des cochons.

d. Les porte-parole des réfugiés ont remercié le maire d'avoir retrouvé l'un des leurs.

e. Hier, Gilles Le Gall, employé à la mairie de Lorient, s'est rendu à l'école où avaient séjourné les réfugiés cambodgiens afin de faire le ménage.

f. Pensant qu'il s'agissait d'un enfant oublié ou abandonné il a essayé de lui parler.

g. En entrant dans la cour il a aperçu un enfant asiatique.

h. Le fermier interrogé a affirmé n'avoir jamais vu d'enfant asiatique rôder dans sa ferme.

i. L'enfant n'a pas été retrouvé.

Les maisons

Dans le texte il est question des lieux d'habitation suivants :

a. la maison du delta

b. le camp de réfugiés (probablement en Thaïlande)

c. la Citadelle

d. l'école où sont les réfugiés cambodgiens

e. la maison au Canada

Rattachez les mots suivants au(x) lieu(x) d'habitation.

1. Lorient ; 2. bambou ; 3. une cachette ; 4. une maison en bois ; 5. des moustiques ; 6. un paravent de roseau ; 7. des barbelés ; 8. une cour fermée ; 9. une clôture en bambou ; 10. un bateau avec une voile végétale tressée ; 11. un bateau avec une coque bleue ; 12. des gardes ; 13. le Viêt-nam.

Quelle est la règle ?

Lisez le texte attentivement.

Le petit refugié de **Lorient-Québec** est né au **Viêt-nam,** en **Asie** ; en **France**, à **Lorient**, pour être précis, il rencontre des réfugiés qui sont nés au **Cam-**

bodge. Il ne veut pas rester en **Bretagne**, il veut aller au **Canada** ; il s'installera au **Québec**, il accostera à **Montréal** ou à **Trois-Rivières** il ne sait pas. Il monte dans un bateau qui va au **Brésil** car il sait que ce pays est en **Amérique**. Ainsi donc il connaîtra le **Viêt-nam**, la **France**, le **Brésil,** le **Canada.**

Étudiez les prépositions (à, en, au) et les articles (le, la) qui sont devant les noms de lieux en gras puis ;

1. Trouvez l'intrus dans chaque groupe de mots :
   a. Cambodge, Canada, Viêt-nam, France
   b. Bretagne, Brésil, Amérique, France
   c. Bretagne, Lorient, Amérique, Asie
   d. Montréal, Lorient, Trois-Rivières, Cambodge

2. Trouvez la règle qui explique le choix de la préposition ou de l'article puis complétez le texte suivant quand cela est nécessaire.

Leïla Sebbar, l'auteure de *Lorient-Québec*, est née _____ Algérie. Cette journaliste qui est aussi romancière vit ____ Paris, _____ France. On ne sait pas si elle a vécu _____ Asie (_____

Cambodge par exemple) ou _____
Amérique (_____ Montréal par exemple).

POUR ALLER PLUS LOIN

« Vers un pays où les habitants parlent français... »

Voici quelques villes où on parle français ; dites dans quel pays elles sont et comment s'appellent leurs habitants.

Villes	Pays
1. Bruxelles	a. le Sénégal
2. Kinshasa	b. le Luxembourg
3. Rabat	c. Haïti
4. Dakar	d. la Tunisie
5. Port-au-Prince	e. la France
6. Neuchâtel	f. le Canada
7. Moncton	g. la Suisse
8. Luxembourg	h. la Belgique
9. Sousse	i. le Maroc
10. Dijon	j. le Zaïre

Noms des habitants

A. les Marocains et les Marocaines

B. les Belges

C. les Français et les Françaises

D. les Tunisiennes et les Tunisiens

E. les Zaïroises et les Zaïrois

F. les Suisses et les Suissesses

G. les Sénégalais et les Sénégalaises

H. les Canadiennes et les Canadiens

I. les Haïtiennes et les Haïtiens

J. les Luxembourgeois et les Luxem-
bourgeoises

2. L'ESCLAVE BLANCHE DE NANTES

AVANT DE LIRE

Recherchez-vous l'exotisme ?

En répondant à ce petit quiz vous pourrez savoir si l'exotisme vous attire.

1. Vous partez en voyage à l'étranger sans souci d'argent:
   a. vous choisissez un pays dont vous parlez la langue
   b. vous choisissez un endroit dont vous n'avez jamais entendu parler
   c. vous choisissez un pays que l'on vous a recommandé
   d. vous ouvrez un atlas, fermez les yeux et vous allez là où se pose votre doigt

2. Vous voulez jouer d'un instrument de musique. Vous choisissez:
   a. le piccolo
   b. la cornemuse
   c. la trompette
   d. le piano

3. Vous décidez de vous perfectionner dans l'art culinaire. Vous choisissez des cours de cuisine:
   a. haïda
   b. japonaise

c. française

d. mexicaine

4. Vous choisissez un animal d'appartement. Vous achetez:

a. un python

b. un chien

c. une souris blanche

d. une perruche

5. Vous achetez un livre avant de prendre l'avion. Le titre qui attire votre attention est:

a. «Les tribulations d'un Chinois en Chine»

b. «Le pouce vert»

c. «À la recherche du temps perdu»

d. «La vie amoureuse des Masaï»

6. Vous êtes une fille et comme activité physique, vous choisissez de faire:

a. du yoga

b. du Taï-chi

c. de la gymnastique

d. du culturisme

7. Vous êtes un garçon et vous faites:

a. de l'athlétisme

b. de la danse classique

c. de la natation

d. du parachutisme

8. Votre arbre préféré est :
   a. l'épicéa
   b. le caoutchouc
   c. le pommier
   d. le bonsaï

9. Vous voulez décorer votre appartement et vous choisissez une reproduction de :
   a. Monet
   b. Andy Warhol
   c. Rembrandt
   d. Dali

10. Vous avez soif, vous commandez :
    a. une eau minérale
    b. un jus de fruits
    c. un café
    d. une infusion

AVEZ-VOUS BIEN LU ?

Une nouvelle colorée

Dès la première page, Léo indique comment il a remarqué Lola et sa « bouche charnue, rouge... »

La couleur rouge revient à plusieurs reprises tout au long du récit. En le relisant, essayez de trouver tous les détails auxquels cette couleur est associée.

Du début à la fin

La nouvelle débute par : « Il aime être seul. » et se termine par : « ... vous êtes là, vivante, vous m'écoutez, je vous parle, je vous parle... »

1. Quelles transformations se sont opérées chez Léo entre ces deux moments ?

2. Comment expliquez-vous son changement d'attitude ?

POUR PROLONGER LE PLAISIR DU TEXTE

Chassez l'intrus

Les mots « chair » et « cuir » n'ont en apparence aucun rapport et cependant ils viennent tous les deux du mot latin « carne » qui signifie entre autres « viande » ; et malgré les apparences, « canard » et « canari » n'ont aucun lien de parenté. Dans les ensembles qui suivent, un des trois mots n'a rien à voir avec les deux autres. Saurez-vous le déceler ?

1. musée – musique – museau

2. artiste – artichaut – artisan

3. slave – esclandre – esclave

4. grossoyer – grossier – gros

5. chien – canif – canaille

L'exotisme de la langue

« Dans les harems, les négresses sont des servantes et des esclaves... La femme blanche est aussi une esclave (...) Celle-ci est peut-être la favorite d'un émir ? »

Le titre d'émir était autrefois donné au chef du monde musulman, et il a été ensuite attribué aux descendants du prophète Mahomet. Voilà ce qu'indique le dictionnaire.

1. Sauriez-vous trouver sur quels pays régnaient les monarques suivants ? le tsar – un radjah – un mikado – un sultan

2. Toutes les langues empruntent ou ont emprunté des mots à d'autres langues. Quelle est la langue d'origine des mots suivants ? un anorak – le cari – un bazooka – un hamster – l'algèbre

Un peu de culture artistique

Rendez son musée, son artiste peintre et son tableau à chacune des villes proposées.

Musée : Le Louvre ; le Prado ; le Museum of Modern Art ; la Galerie nationale ; les Musées royaux des Beaux-Arts ; le Rijksmuseum ; la Tate Gallery ; la Galleria dell'Accademia.

Artistes peintres : Andy Warhol ; Rembrandt ; Titien ; Goya ; Turner ; Delacroix ; Pieter Bruegel ; Emily Carr.

Tableaux : Le dénombrement de Bethléem ; Marilyn ; Le 3 mai 1808 à Madrid ; Les exécutions à la montagne du Prince Pie ; La madone et l'enfant ; La ronde de nuit ; Femmes d'Alger dans leur appartement ; Blunden ; Le Téméraire.

VILLE	MUSÉE	ARTISTE	TABLEAU
Amsterdam			
Londres			
Paris			
Madrid			
New York			
Venise			
Bruxelles			
Ottawa			

1. Lorient-Québec

Le sens des mots

1. B ; 2. B ; 3. A ; 4. C ; 5. C

Vive la famille

1. a. équipe ; b. l'équipage
2. a. côte ; b. accostent
3. a. prison ; b. prisonniers
4. a. désobéis ; b. désobéissance ; c. obéir
5. a. cache ; b. cachette

Un article à composer

1. éliminer d.
2. e,g,f,c,h,b,i,a

Les maisons

1. C ; 2. A ; 3. C ; 4. E ; 5. A et E ; 6. B et E ; 7. B ; 8. D ; 9. B ; 10. A ; 11. C ; 12. B ; 13. A .

Quelle est la règle ?

1. a. France (c'est le seul nom de pays féminin)
   b. Brésil (c'est le seul nom de pays masculin)
   c. Lorient (c'est un nom de ville parmi des noms de pays)
   d. Cambodge (c'est un nom de pays parmi des noms de villes)
2. en Algérie (pays féminin) ; à Paris (ville) ; en France (pays féminin) ; en Asie (pays féminin) ; au Cambodge (pays masculin) ; en Amérique (pays féminin) ; à Montréal (ville)

« Vers un pays où les habitants parlent français... »

1. h, B ; 2. j, E ; 3. i, A ; 4. a, G ; 5. c, I ; 6. g, F ; 7. f, H ; 8. b, J ; 9. d, D ; 10. e C.

2. L'esclave blanche de Nantes

Recherchez-vous l'exotisme ?

1. Donnez-vous 1 point si vous avez choisi : 1a,
   2d, 3c, 4b, 5b, 6c, 7a, 8c, 9a et 10b.
   Donnez-vous 2 points par réponse si vous avez choisi : 1c, 2c, 3d, 4d, 5a, 6a, 7c, 8b, 9c, et 10c.
   Donnez-vous 3 points si vous avez choisi : 1b, 2a,
   3b, 4c, 5c, 6b, 7b, 8d, 9d et 10a.
   Donnez-vous 4 points si vous avez choisi : 1d, 2b,
   3a, 4a, 5d, 6d, 7d, 8a, 9b et 10d.

Chassez l'intrus

1. museau ; 2. artichaut ; 3. esclandre ; 4. grossoyer ;
5. canaille

L'exotisme de la langue

1. Le tsar et la Russie ; un radjah et l'Inde ; un
   mikado et le Japon ; un sultan et la Turquie

2. un anorak : inuit ; le cari : indien ; un bazooka :
   anglais (É.-U.) ; un hamster : allemand ;
   l'algèbre : arabe

Un peu de culture artistique

Amsterdam, Le Rijksmuseum, Rembrandt, La ronde de nuit

Londres, la Tate Gallery, Turner, Le Téméraire

Paris, Le Louvre, Delacroix, Femmes d'Alger dans leur appartement

Madrid, Le Prado, Goya, Le 8 mai 1808 à Madrid

New York, le Museum of Modern Art, Andy Warhol, Marilyn

Venise, la Galliera dell'Accademia, Titien, La madone et l'enfant

Ottawa, la Galerie nationale, Emily Cair, Blunden

Bruxelles, Musées royaux des Beaux-Arts, Pieter Bruegel, le dénombrement à Bethléem.

Dans la même collection

9 ans et plus

- De Grosbois, Paul — La peur de ma vie
- Denis, Marie — Une journée à la mer
- Ponty, Monique — L'escale
- Soulières, Robert — L'homme qui venait de la mer
- Gallaire, Fatima — Le mendigot
- Mauffret, Yvon — Jonas, le requin rose
- Ngal, Georges — Un prétendant valeureux
- Ponty, Monique — Viva Diabolo !

13 ans et plus

- Fakoly, Doumbi — Aventure à Ottawa
- Gagnon, Cécile — Une barbe en or
- Rodriguez, Colette — L'inconnue du bateau fantôme
- Clermont, M.-A. — La nuit mouvementée de Rachel
- Sernine, Daniel — La fresque aux trois démons
- Vidal, Nicole — CH.M.250 K.
- Nouvelles de
  - Wilwerth, Évelyne — Mannequin noir dans barque verte
  - Kozakiewicz, Andrzej — Le carnaval de Venise
- Nouvelles de
  - Porret, Marc — L'almanach ensorcelé
  - Lord, Véronique — L'espace d'une vengeance

16 ans et plus

- Ngandu P. Nkashama — Un matin pour Loubène
- Pelletier, Francine — La forêt de métal
- Beccarelli-Saad, T. — Portraits de famille
- Ponty, Monique — L'homme du Saint-Bernard
- Taggart, M.-Françoise — Une affaire de vie ou de mort
- Nouvelles de
  - Gagnon, Madeleine — Le sourire de la dame de l'image
  - — Le secret des pivoines
  - Rochon, Esther — Les deux maisons
- Nouvelles de
  - Sebbar, Leïla — Lorient-Québec
  - — L'esclave blanche de Nantes
- Nouvelles de
  - Belamri, Rabah — Enfance, enfance...
  - Mazigi, Elsa-Maria — Le locataire
  - Ngandu P. Nkashama — Les enfants du lac Tana

- niveau facile
- niveau intermédiaire